D1701640

ROSELI WEBER
DAS GEHEIMNIS VON SCHLOSS FREUDENSTEIN

Die Deutsche Bibliothek - CIP-Einheitsaufnahme

Weber, Roseli:
Das Geheimnis von Schloss Freudenstein / Text und Ill. von Roseli Weber. - München ; Zürich ; Wien : Verl. Neue Stadt, 1992
ISBN 3-87996-281-2

1992, 1. Auflage
© Alle Rechte bei Verlag Neue Stadt GmbH, München 83
Umschlaggestaltung: Neue Stadt-Graphik
Druck: MZ Verlagsdruckerei GmbH, Memmingen
ISBN 3-87996-281-2

Das Geheimnis von Schloß Freudenstein

**Text und Illustrationen
von Roseli Weber**

VERLAG NEUE STADT
MÜNCHEN · ZÜRICH · WIEN

Mitten in einem wunderschönen Land stand auf einem Hügel ein altes Schloß. Es war weit und breit als Schloß Freudenstein bekannt. Es lag ein Geheimnis über diesem Schloß: Alle, die hier lebten, waren glücklich und hatten nichts anderes im Kopf, als sich gegenseitig froh zu machen.

Und hier wohnte auch die kleine Miriam. Sie pfiff fröhlich vor sich hin. Gerade hatte sie eine Runde durch das Schloß gedreht: Der Koch war dabei, ein neues Schokoladenkuchenrezept zu erfinden, der Gärtner pflückte einen Strauß roter Mohnblumen für die Königin, und der König überlegte, ob er nicht für alle Bewohner des Schlosses einen Wandertag ausrufen sollte. Das Leben war einfach herrlich!

„Ich freu mich schon auf den Schokoladenkuchen!" dachte Miriam, und schon war sie auf dem Weg in die Küche, um dem Koch zu helfen. Vielleicht gab der Koch ihr auch wieder etwas zum Naschen ... Ja, es machte riesigen Spaß, sich gegenseitig glücklich zu machen!

Wie kam es nur, daß alle einander eine Freude machen wollten? Keiner wußte es, nur der König, und der hatte das Geheimnis noch niemandem verraten.

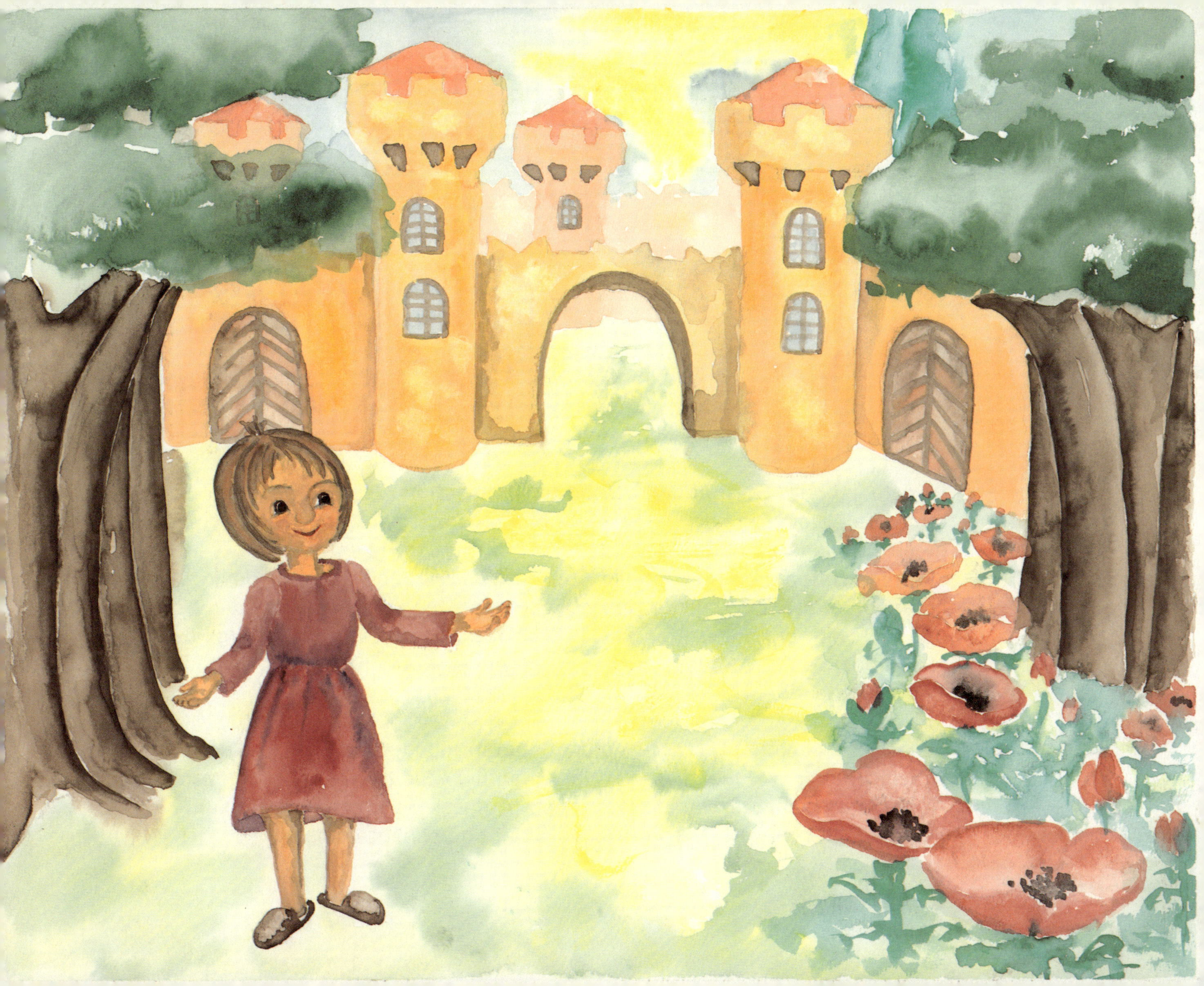

Der Tag hatte so herrlich angefangen, doch als Miriam in die Küche kam, geschah plötzlich etwas ganz Merkwürdiges: Der Koch, der eben noch die Schokoladenglasur über den Kuchen streichen wollte, fing auf einmal an zu murren: „Mir schenkt niemand einen Kuchen! Ich habe keine Lust mehr, andere froh zu machen." Miriam wurde kreidebleich. Noch nie hatte sie so etwas gehört. Sie konnte sich nicht vorstellen, daß Freude-Schenken keine Freude macht. Sie dachte: „Ich will dem Koch eine Blume schenken, dann freut er sich und wird wieder gerne seine Arbeit tun."

Miriam lief zum Gärtner und bat ihn um eine schöne Blume. Doch der Gärtner brummte: „Nein, du bekommst keine Blume, sonst habe ich nachher keine mehr für mich! Ich habe keine Lust mehr, andere froh zu machen."
  Miriam traten die Tränen in die Augen. Was war bloß in die beiden gefahren? Sie wurde auch schon ganz traurig. Wie konnte sie nur den Koch und den Gärtner wieder froh machen? Es war, als ob eine dunkle Wolke die strahlende Sonne verdeckte. „Hier kann nur der König helfen, er weiß immer Rat", dachte sie.

So schnell sie konnte, rannte sie die Schloßtreppen hinauf. Das goldene Arbeitszimmer war leer. Wo war der König nur? Sie schaute ins Wohnzimmer: Auch da ist niemand, wunderte sie sich. Auf Zehenspitzen ging sie zum Schlafzimmer, öffnete die Türe einen Spalt und schaute hinein.

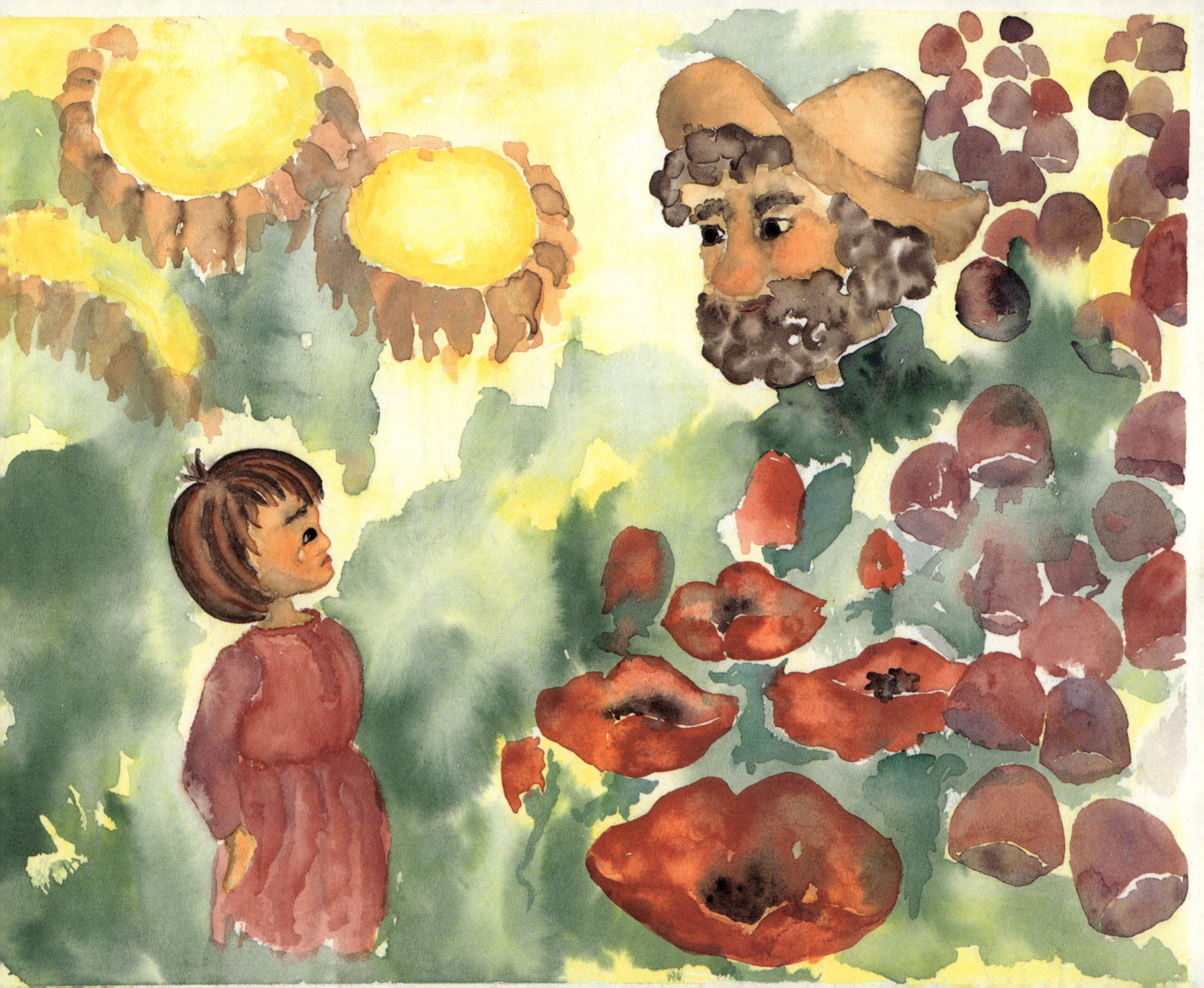

Da lag der König im Bett. Den Kopf hatte er auf viele Kissen gebettet. Er war krank. Leise schlich Miriam zu ihm hin und blieb ganz still neben seinem Bett stehen. Der König öffnete die Augen und sagte:

„Wie gut, daß du da bist! Ich habe schon auf dich gewartet; denn ich möchte dir etwas anvertrauen: das Geheimnis von Schloß Freudenstein. Sicher hast du es bereits gemerkt: Heute morgen ist etwas Schlimmes passiert. Das Feuer der Freude ist erloschen. Die Leute hier im Schloß haben sich nicht mehr gern. Das hat mich ganz krank gemacht. Vielleicht kannst du mir helfen?! Ich möchte dich gerne aussenden, um dieses Feuer wieder anzuzünden.

Den Weg zu diesem Feuer der Freude wirst du selbst finden. Nur soviel kann ich dir verraten: Tief unter der Erde gibt es zwei kleine Drachen. Sie schüren das Feuer, damit es nicht ausgeht. Heute muß es nun erloschen sein. Sonst wäre es unmöglich, daß in Schloß Freudenstein das Freude-Schenken keine Freude mehr macht.

Schau, ich gebe dir diese Lampe und einen kleinen Schlüssel mit auf den Weg. Du wirst sie brauchen, denn es ist sicher nicht leicht, den Weg zu finden. Hab keine Angst! Und vergiß nie: Alles wird gut gehen, wenn du Freude schenkst."

Dann schloß der alte König die Augen, denn er war müde geworden. Und Miriam wagte nicht, noch weiter zu fragen. Sie nahm die Lampe und machte sich auf den Weg. Wie glücklich war sie, daß der König ihr diese Aufgabe anvertraut hatte! Aber ein bißchen Angst hatte sie schon ...

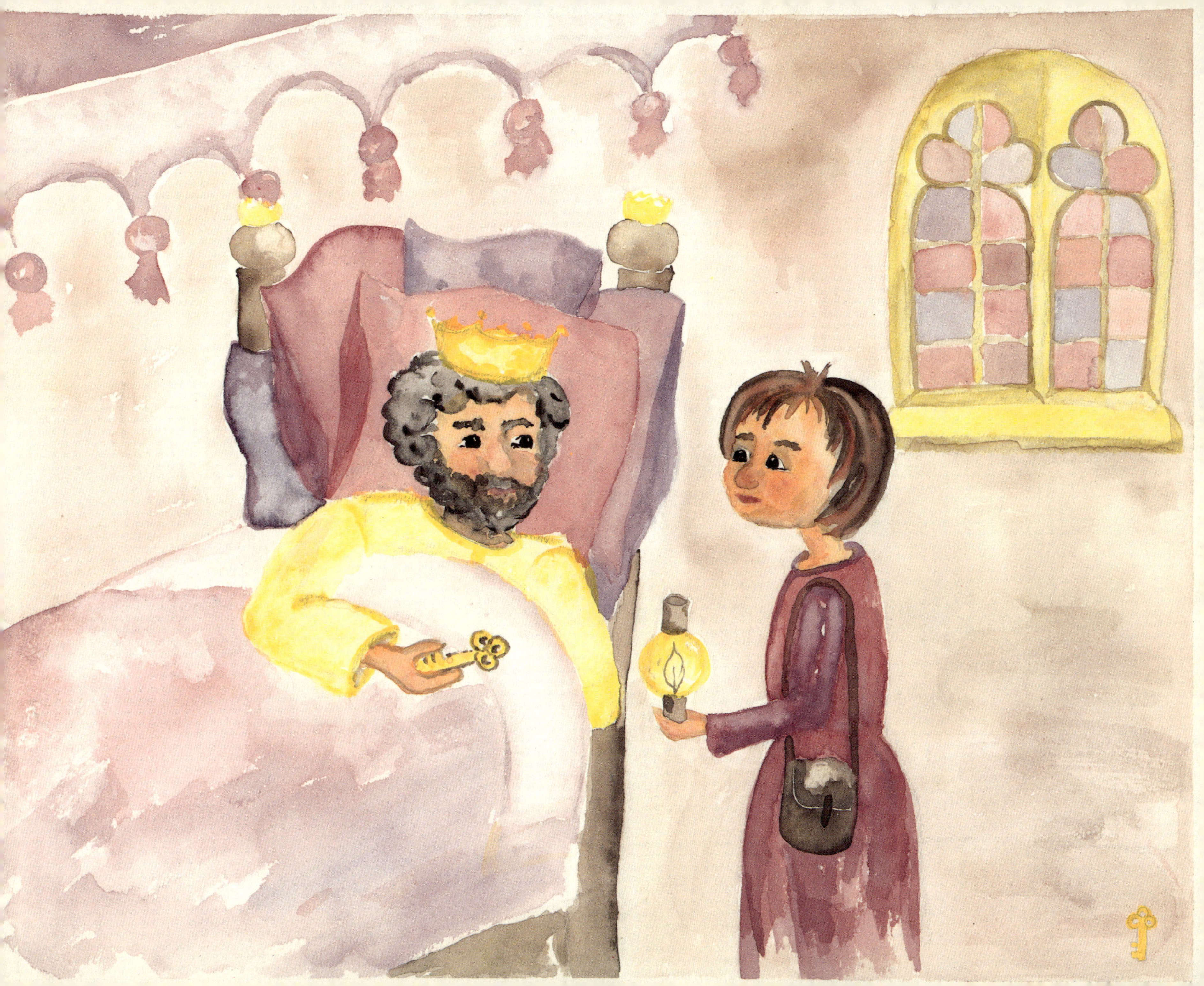

Nicht weit vom Schloß lag ein großer Wald. Als Miriam eine Weile gegangen war, sah sie eine Frau, die Brennholz sammelte. Es war so viel, daß sie es unmöglich allein tragen konnte.

Miriam lief zu ihr hin und fragte: „Kann ich dir helfen?" Die Frau freute sich: „Das ist ja wunderbar! Für mich allein ist das Bündel sehr schwer. Ich muß das Holz ja auch noch hacken und aufstapeln. Wahrscheinlich hilft mir heute niemand dabei."

Miriam überlegte einen Augenblick. Eigentlich wollte sie schnell weiter, um das Feuer der Freude anzuzünden. Aber dann fiel ihr ein, was der König ihr aufgetragen hatte: immer Freude zu schenken. So sagte sie: „Ich helfe dir, bis alles aufgestapelt ist!"

Als sie fertig waren und Miriam schnell weiterlaufen wollte, hielt die Frau sie zurück. Sie gab ihr einen kleinen Schlüssel, steckte ihr ein Stück Brot zu und sagte: „Du hast in meinem Herzen wieder die Freude angezündet. Nimm diesen Schlüssel und dieses Brot als Dank, und geh weiter auf deinem Weg." Da schloß Miriam einen Moment die Augen, atmete tief die frische Luft ein und war wieder glücklich.

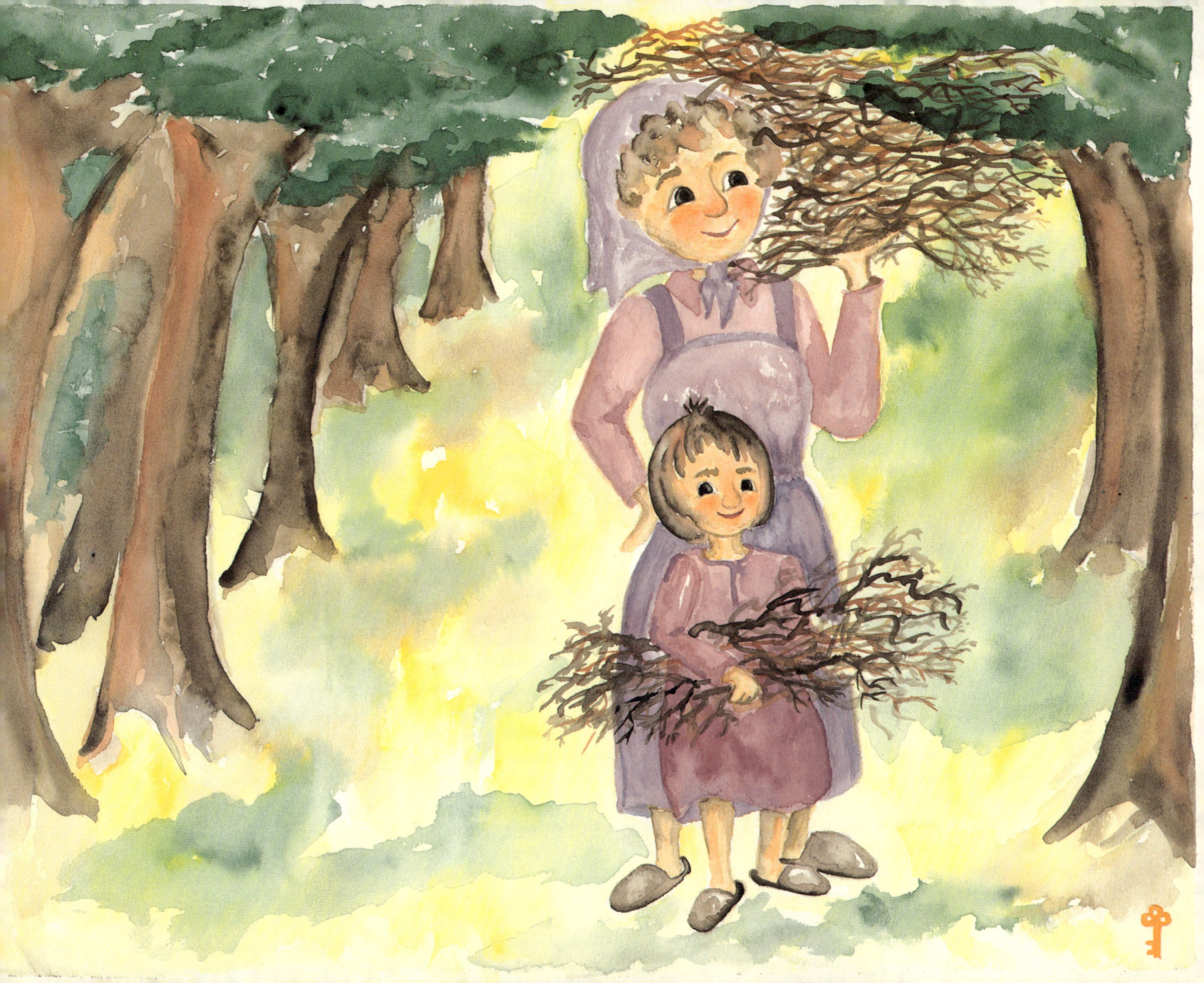

Wenig später kam sie am kleinen Haus des Gärtners vorbei. Die Blumen ließen die Köpfe hängen, sie hatten nicht genug Wasser. Die Haustür stand offen. Mit klopfendem Herzen schaute Miriam hinein.

Der Gärtner saß im Sessel. Er hatte schlimmes Kopfweh und war traurig. Er hatte viele Samenkörner in braune Töpfe einpflanzen wollen, es aber nicht mehr geschafft. Jetzt lagen die Körner verstreut auf dem Tisch. „Ach, heute fällt mir wirklich alles schwer. Ich weiß gar nicht, was los ist", stöhnte er, „aber es ist nett, daß du vorbeischaust!"

Miriam sammelte schnell die Samenkörner ein, gab den Blumen frisches Wasser und brachte dem Gärtner etwas zu essen. Er blickte sie mit strahlenden Augen an. So guckt er sonst nur, wenn er seine schönen Blumen betrachtet, dachte sich Miriam im stillen und lächelte zurück. Zum Dank drückte der Gärtner ihr einen kleinen Schlüssel in die Hand.

„Jetzt habe ich schon drei kleine Schlüssel", überlegte Miriam, „wer weiß, wozu ich sie brauche." Dann ging sie weiter, ohne genau zu wissen, wohin.

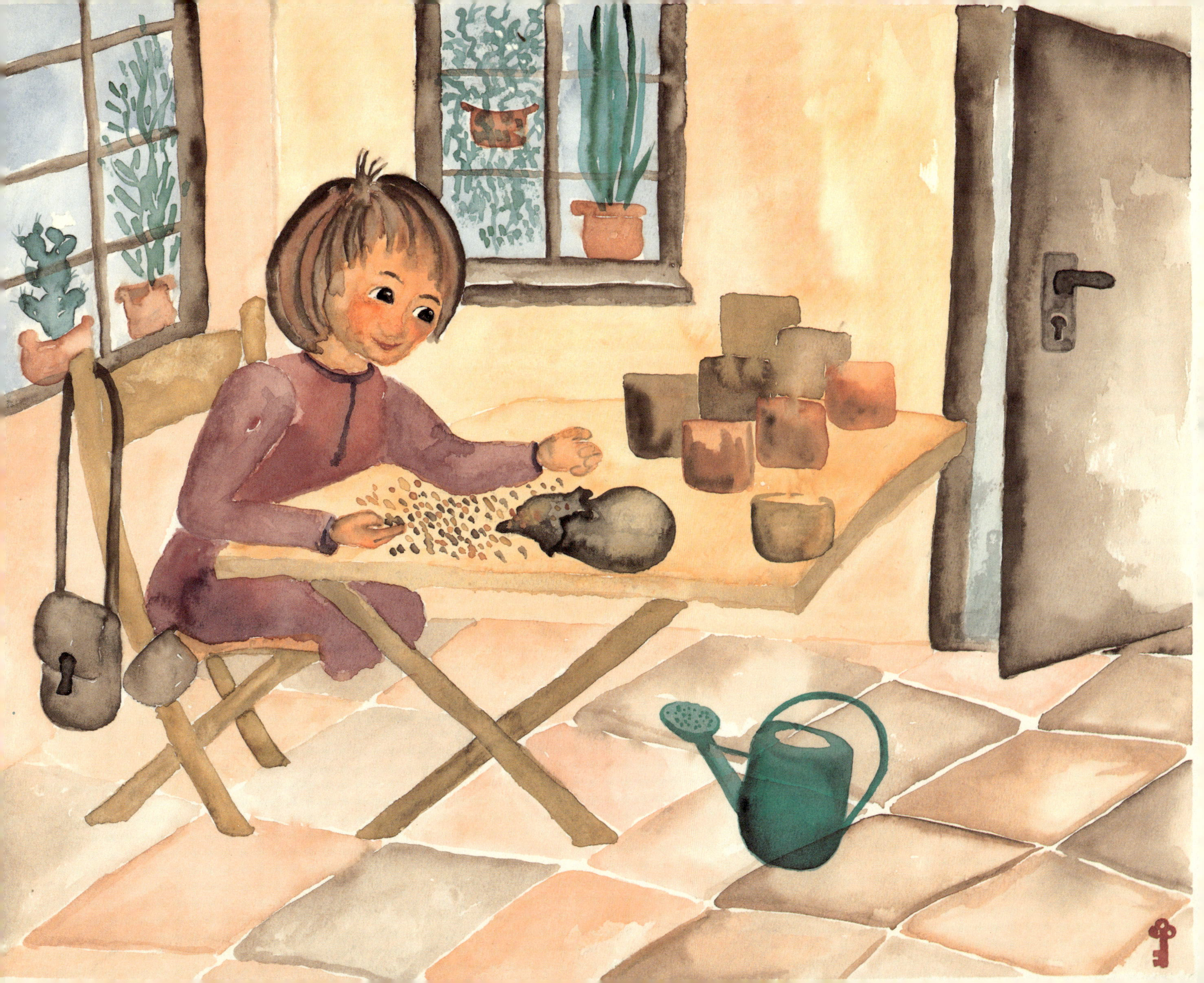

Was war das? Sie hörte plötzlich ein leises Winseln hinter einem Busch. Sie ging hin, schob die Zweige auseinander und entdeckte den Schloßhund Barry. Jaulend leckte er sich die Pfote. „Was hast du denn mit deiner Pfote gemacht? Komm, ich schaue sie mir mal an!" Barry leckte ihr dankbar die Hand. In der Pfote steckte ein kleiner Splitter. „Ich glaube, ich kann dir helfen", sagte sie. Vorsichtig faßte sie den Splitter, und - schwupp! - schon war er draußen.

„Was treibst du dich auch hier im Gestrüpp herum?" fragte Miriam. Erst jetzt bemerkte sie, daß Barry hinter dem Busch etwas gefunden hatte: Er hatte einen kleinen Schlüssel ausgegraben ... Barry schüttelte kräftig sein Fell und beschloß, mit Miriam mitzugehen.

Als die beiden zu der alten Mauer kamen, die den Schloßgarten umgab, fing Barry an zu bellen. Er wedelte wild mit dem Schwanz und scharrte mit den Vorderpfoten unter einem Strauch. Miriam lief herbei: In den Boden war eine alte Steinplatte mit einem Ring eingelassen. Ob das wohl der Weg zu den Drachen war ...? Mit aller Kraft versuchte sie die Platte hochzuheben. „Ist die aber schwer!" Sie preßte die Lippen fest zusammen, noch ein Ruck - geschafft!

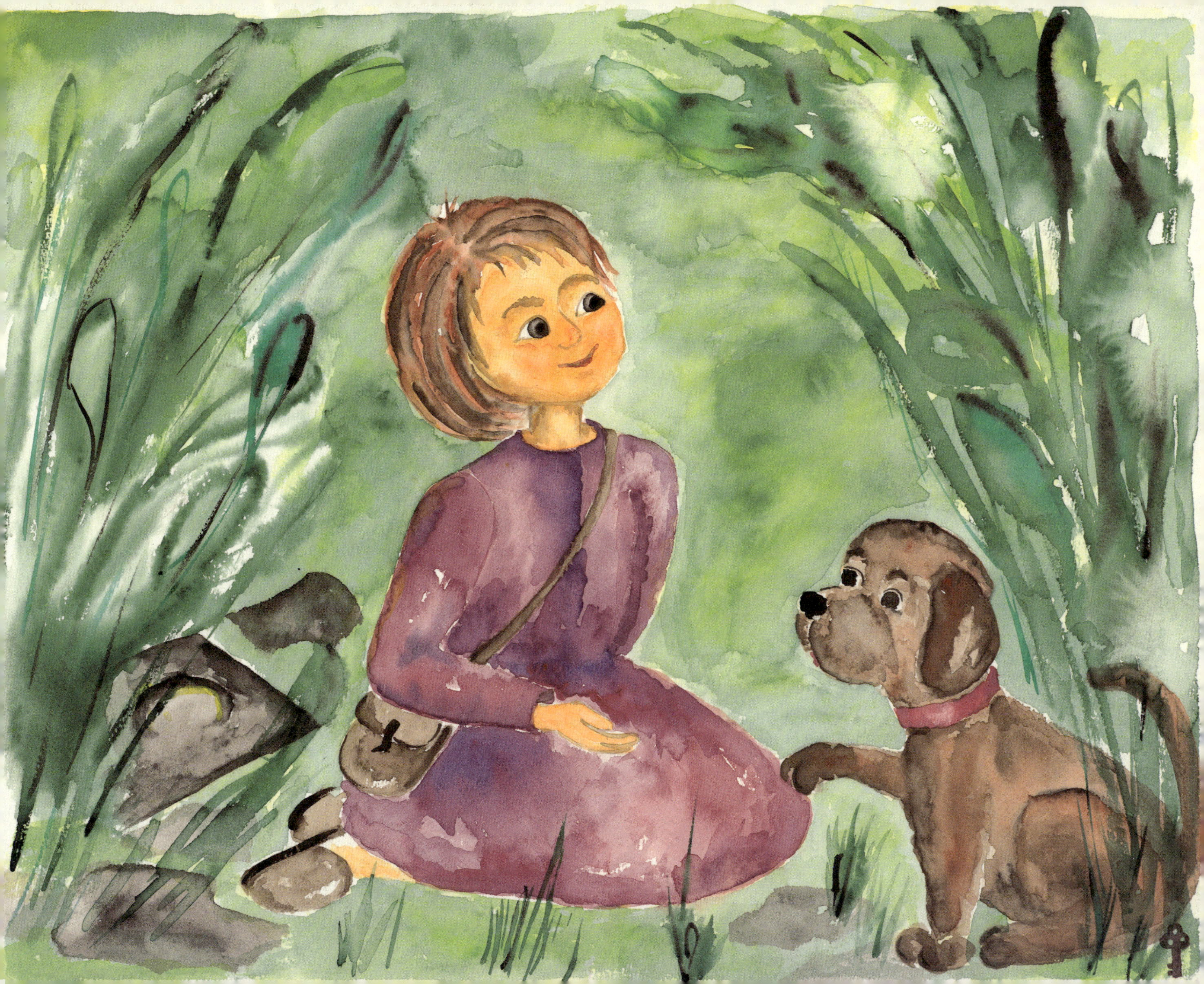

Unter der Platte öffnete sich ein düsteres Loch. Eine Treppe führte hinunter, alles war stockfinster. „Zum Glück habe ich die Lampe vom alten König!" fiel Miriam ein. Die Lampe verbreitete ringsum ein schönes, warmes Licht. „Der König wird an mich denken, ich brauche mich nicht zu fürchten!" Miriam versuchte sich Mut zu machen und stieg mit Barry immer tiefer in den unterirdischen Gang. Plötzlich kamen sie ins Rutschen, fielen hin und purzelten den Gang hinab. Welch ein Schreck! Die Lampe ist erloschen, aber der Docht glimmt noch. Miriam pustete vorsichtig. Das Feuer brannte wieder! Sie atmete auf: Das ist noch einmal gut gegangen!

„Wieso ist das hier eigentlich so rutschig?" fragte sie Barry. Sie hielt die Lampe näher an an den Boden. Na so was! Da lag noch ein kleiner Schlüssel, und - ein bißchen weiter oben - kroch eine dicke Schnecke. Sie war mit ihrer ganzen Familie über den Steinboden geglitten, und deswegen war der Boden so glitschig geworden. Die Schnecke bewegte sich langsam auf sie zu. Sie will sich wohl entschuldigen, dachte Miriam. „Schon gut", sagte sie zur Schnecke und rieb sich ihr Knie, „Hauptsache, die Lampe brennt noch! Wie sollen wir sonst das Feuer der Freude anzünden? - Barry, komm!"

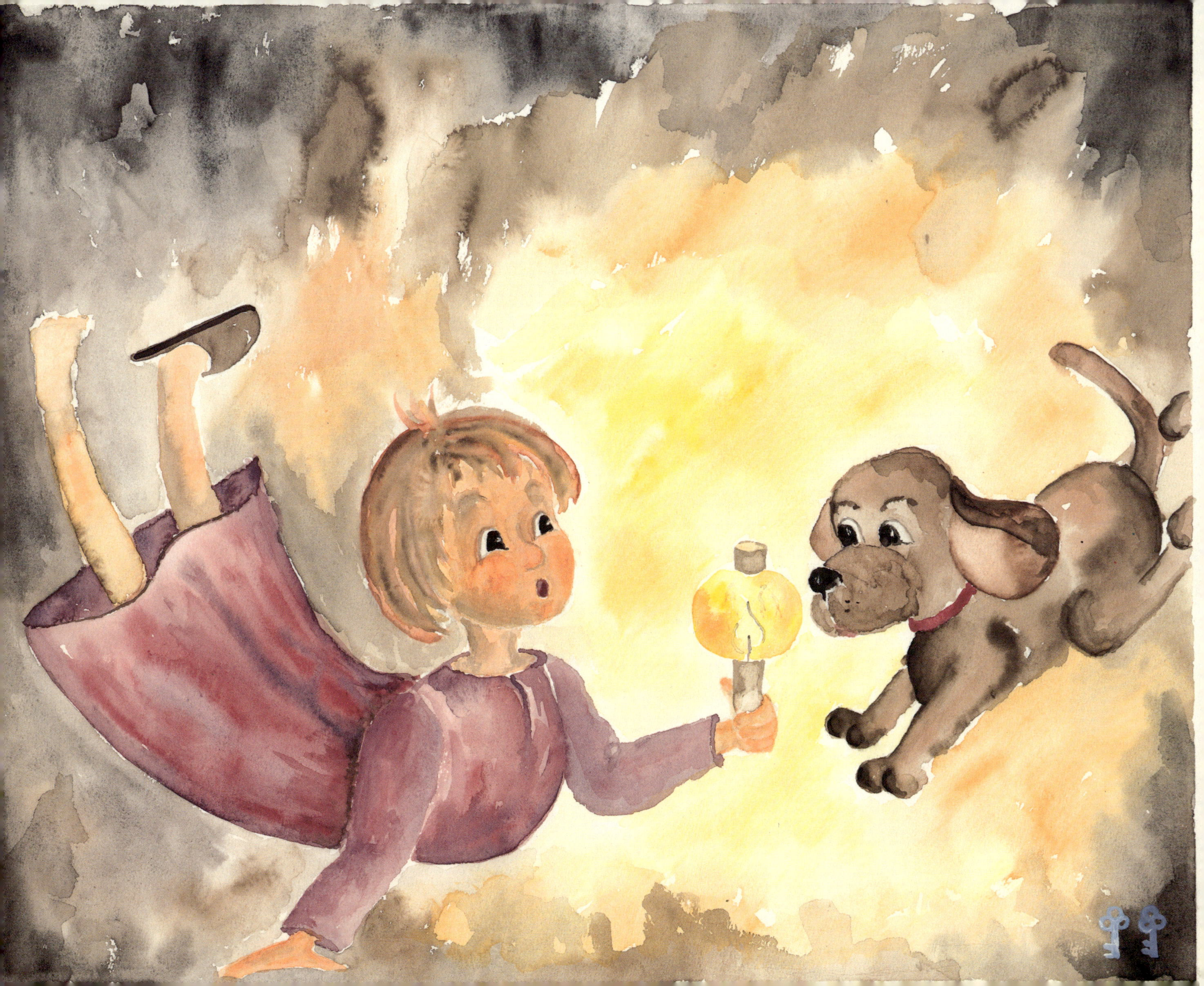

Vorsichtig gingen sie weiter, bis sich der Gang in viele Wege gabelte. Was nun? Während sie sich ratlos anblickten, hörten sie ein leises, jammervolles Piepsen. Es war eine kleine Maus, die in den Gängen hin und her lief. Ob sie wohl Hunger hatte? Miriam beugte sich zu ihr hinunter. Sie nahm das Stück Brot, das ihr die gute Frau geschenkt hatte, und streute der Maus einige Krumen vor die kleinen Pfoten. Während sie zusah, wie die Maus genüßlich an den Krumen knabberte, entdeckte sie wieder einen kleinen Schlüssel. Sie hob ihn auf und steckte ihn zu den anderen in ihre Tasche.

„Eigentlich kann es doch nicht mehr weit sein, was meinst du, Barry?" sagte Miriam. „Wenn wir bloß wüßten, wo es lang geht!" Doch Barry hatte gar nicht zugehört. „Barry, was hast du denn?" - All seine Nackenhaare sträubten sich, und er fing an zu jaulen. Da stand plötzlich ein kleines, weißes Etwas vor ihnen, das schauerlich weinte: „Huu, hu, huuu."

„O je! Noch einer, der weint", wunderte sich Miriam, „wer bist denn DU?"

„Ich bin das Schloßgespenst. Huhu, huuh! Hast du denn keine Angst vor mir?"

„Nein, eigentlich nicht", antwortete Miriam.

„Huuu, huuh, wie schrecklich! Auch du hast keine Angst vor mir! Niemand fürchtet sich vor mir. Es ist schrecklich, ein Gespenst zu sein, vor dem sich niemand fürchtet! Wenn ich doch nur meine Kette wiederfinden würde, dann könnte ich ein bißchen rasseln. Dann hätte ich auch keine Angst, so alleine in diesem dunklen Keller. Huuh, ich weiß gar nicht, wozu ich da bin, wenn sich niemand vor mir fürchtet."

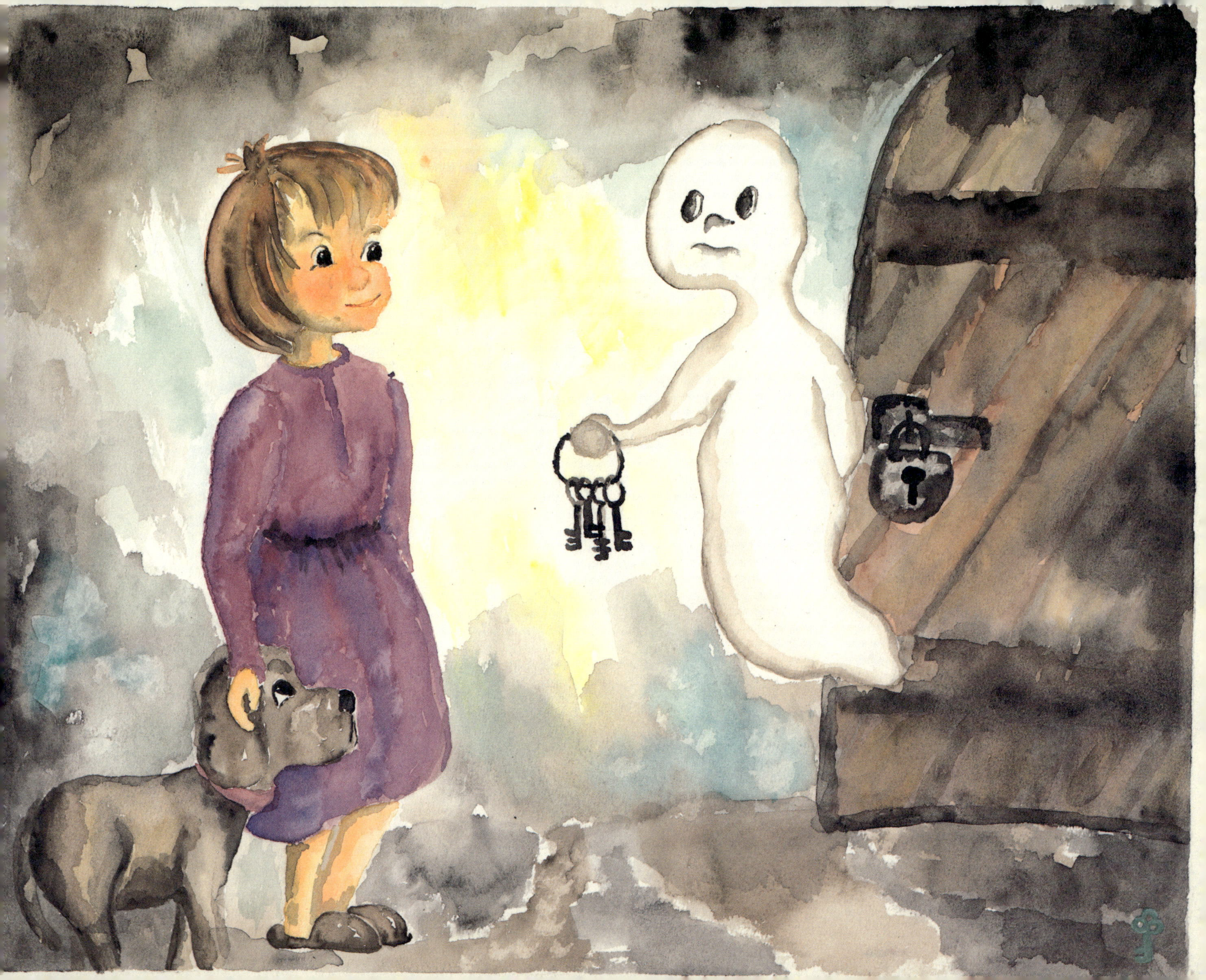

„Mach dir keine Sorgen, kleines Gespenst! Weißt du, ich fürchte mich nicht vor dir, weil ich dich gern habe! So ist es mit allen, die hier in Schloß Freudenstein leben.

Ich glaube, wir wissen etwas, was du nicht weißt!"

„Etwas, was ich nicht weiß?" wunderte sich das Schloßgespenst.

„Ja, und ich will es dir verraten: Wenn du anfängst, die Bewohner gern zu haben, wirst du nicht mehr so ängstlich sein. Das macht nämlich so richtig glücklich!" Das Gespenst war neugierig geworden:

„Und was kann ich da tun?"

„Ach, du könntest nachts als guter Schutzgeist umherschweben, alle nach Hause führen, die noch spät unterwegs sind; du kannst ihnen den Weg beleuchten, damit sie nicht hinfallen, die Tür aufschließen oder nachschauen, ob alle Fenster geschlossen sind. Dann wären alle froh, daß du da bist, und du wärst auch froh, weil du Freude schenken kannst."

„Daran habe ich noch nie gedacht!" murmelte das kleine Gepenst. Und zum erstenmal in seinem langen Leben hatte es vergessen, so schaurig zu heulen.

„Ich werde es mir überlegen! Danke für alles. Bis bald! - Nein, warte einen Moment! Auch ich muß dir etwas sagen: Siehst du das große Eisentor? Dahinter befindet sich das Geheimnis von Schloß Freudenstein. Aber niemand kommt dort hinein, nicht einmal ich, das Schloßgespenst. Ich habe zwar viele Schlüssel, aber nur einer paßt. Den kann ich dir geben. Aber man braucht sieben Schlüssel, und keiner weiß, wo die anderen sind. Danke für alles!"

Und schon war das Schloßgespenst wieder verschwunden. Gebannt blickten Miriam und Barry auf das große Tor.

„Endlich sind wir da, Barry. Wir haben es geschafft!" Miriams Herz klopfte, und Barrys Schwanz wedelte aufgeregt hin und her. „Laß uns mal die Schlüssel zählen! Eins, zwei, drei, vier, fünf, sechs - ja! Es sind genau sieben, bunt wie ein Regenbogen! Komm, jetzt versuchen wir das Tor zu öffnen!"
   Nacheinander steckte Miriam die Schlüssel ins Schloß und drehte jeden einmal um. Beim siebten sprang es auf, und lautlos öffnete sich das Tor. Vorsichtig setzten sie einen Fuß vor den anderen.

In der dunklen Höhle saßen zwei kleine Drachen um eine erloschene Feuerstelle. Miriam hörte, wie sie sich heftig stritten:

„Jetzt ist das Feuer aus! Das ist nur deine Schuld, immer willst du zuerst die Kohlen dazuschütten!"

„Ist gar nicht wahr", zischte der andere, „du willst immer der erste sein. Ich war an der Reihe, und dann hast du auch noch Kohlen draufgeschüttet. Da ist das Feuer erstickt. Einfach aus, aus, aus! Kein Funke, keine Flammen, puff, aus."

„Jetzt sitzen wir in der Patsche. Oben in Schloß Freudenstein haben sie sicher schon gemerkt, daß die Kraft zum Freude-Schenken nachgelassen hat. Wenn nur der König nicht krank geworden ist!"

„O ja, wer könnte es sonst schaffen, in den Herzen der Menschen das Feuer der Freude anzuzünden? Wer kann schon die sieben Schlüssel für das Eisentor finden? Oh wei, oh wei ..."

In diesem Moment blickten die beiden Drachen auf. Da war doch jemand am Tor ... Erst jetzt bemerkten sie Miriam und Barry.

„Ja, Potz, Blitz, Kohlenstaub ..., wenn mich nicht alles täuscht, dann stehen dort zwei mit den Regenbogenschlüsseln in der Hand! Hurra, wir sind gerettet! Ich habe mir gleich gedacht, daß das Geheimnis der Freude siegen wird! Kommt schnell, bringt die Lampe! Wir zünden das Feuer wieder an! Eins, zwei, drei, pffh... Es brennt, es brennt wieder!!!"

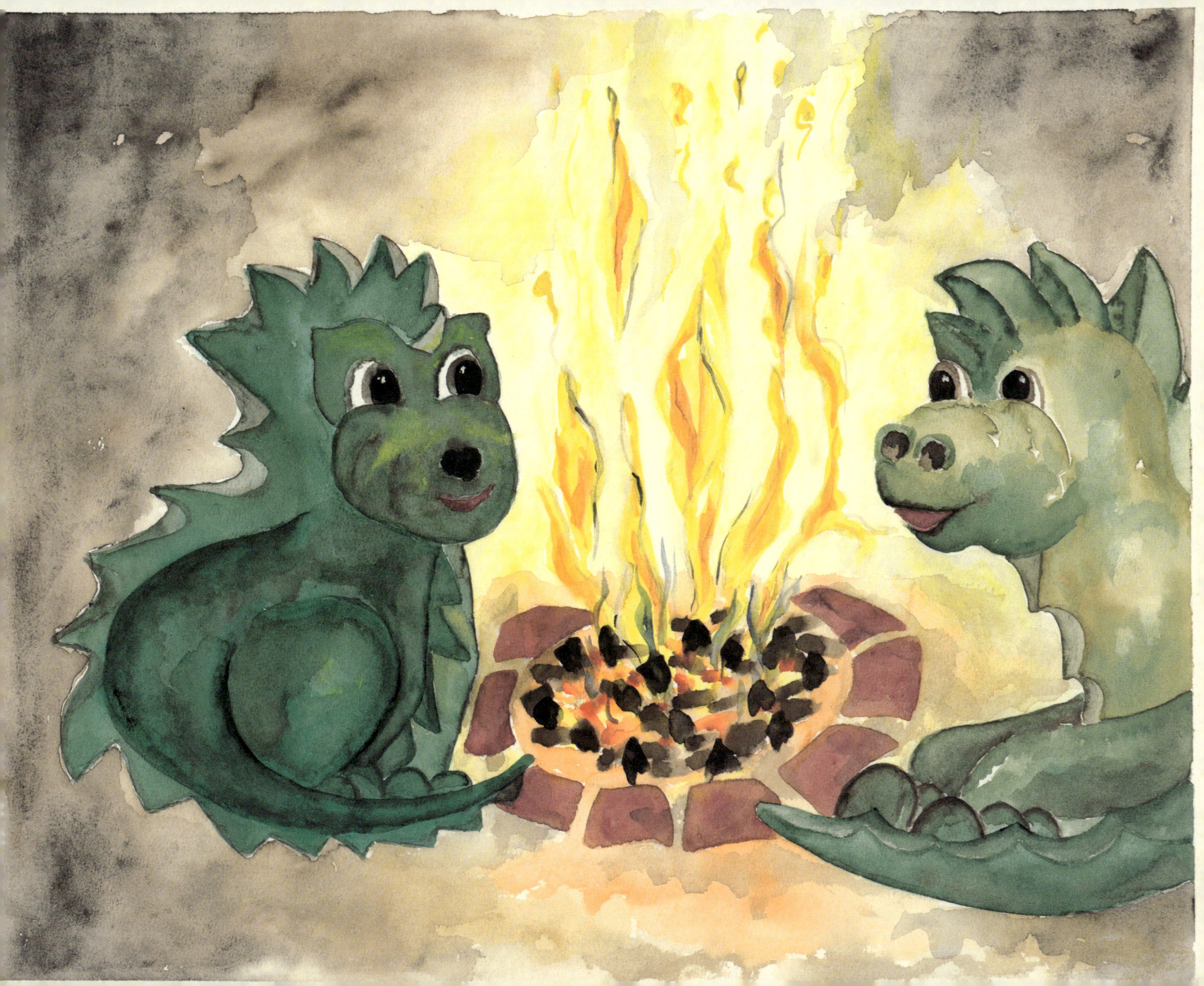

So kam es, daß nach diesem aufregenden Tag, der so herrlich angefangen hatte, abends alles wieder in bester Ordnung war. Die Drachen hatten sich versöhnt, und das Schloßgespenst dachte sich viele tolle Sachen aus, wie es die Bewohner glücklich machen konnte. Der Koch lud alle zum Schokoladenkuchenessen ein, der Gärtner stellte einen Strauß roter Mohnblumen auf den Tisch, der König war wieder gesund und für Barry gab es einen Festtagsknochen. Alle waren glücklich und wollten es auch bleiben.

Ende